Ismael und die Hirten

Eine Nacht in den Feldern von Bethlehem

———————

Eine Weihnachtsgeschichte von Richard Dautermann

Illustriert von Katharina Cranz

Herstellung und Verlag:
BoD - Books on Demand, Norderstedt
ISBN 978-3-7412-8299-7

 Der Autor ist 1954 in Sprendlingen/ Rheinhessen geboren. Er ist heute Gemeindepfarrer in Nierstein am Rhein.

Seine Erfahrungen als Stadtjugendpfarrer in Wiesbaden, als Schulpfarrer an einer Berufsbildenden Schule, als Vorsitzender des Pfarrerausschusses seiner Landeskirche (EKHN) und als Ausbildungsreferent in der Kirchenverwaltung in Darmstadt fließen merklich in diese ungewöhnliche Weihnachtsgeschichte ein. Die Erkenntnis seiner Hirten ist Teil seiner Selbsterkenntnis nach 30 Berufsjahren als Pfarrer.

Die Geschichte entstand als Produkt eines Studienurlaubs, in dem der Autor zusammen mit Kindern, ein Weihnachtsspiel mit gleichem Titel entwickelte. Das Spiel wurde an Heilig Abend in der Martinskirche in Nierstein „welturaufgeführt" (d.h. zum ersten und wahrscheinlich auch zum letzten Mal). Geschrieben wurde die Geschichte in einem Cottage im Westen Irlands mit Blick auf die Kenmare Bay und den Ring of Kerry.

Katharina Cranz arbeitet als Künstlerin in Frankfurt am Main.

Sie ist Lehrerin, Malerin und Illustratorin.

Die Bilder entstanden als Freundschaftsdienst, weil ihr die Geschichte unter die Haut ging.

Wer mehr über sie erfahren will, findet das hier

www.cranz.info

Ismael und die Hirten

Er fand das Schaf am frühen Vormittag. Die Sonne hatte den ganzen Morgen schon ihre Kraft gezeigt und ihre Strahlen gnadenlos auf das Land hinuntergeschickt. Die jungen Knospen an den eh schon spärlichen Bäumen und Sträuchern hatten ihre Last mit der sengenden Sonne. Ihre Strahlen tauchten die Landschaft andererseits aber auch in wunderschönes Licht. Ismael liebte die Sonne und die Farben, die sie auf die Felder malte. Morgens war es ein helles Gelb, manchmal mit bläulichen, manchmal mit grünlichen Schein, bis es zum Abend hin in das herrliche Rot überging. Natürlich wusste er, dass, je stärker die Sonne brannte, das Wasser immer knapper wurde.

Sein Vater schimpfte den ganzen Tag über die Sonne und ihre verheerende Zerstörungskraft. Mutter schaute dann immer unter sich und rügte höchstens einmal, wenn die Flüche des Vaters zu arg wurden. Der Wassermangel war ein riesiges Problem, nicht nur für Beit Sahour, das Dorf, in dem er mit seinen Eltern und den sieben Geschwistern lebte, es war ein großes Problem für das ganze Land und die Länder drum herum. Der Jordan war weit und selbst der trocknete in heißen Sommern fast aus. Der Brunnen, der außerhalb vor Beit Sahour lag, wurde von einer kleinen, aber aus Stein gemauerten Hütte beschützt. Noch nicht einmal seine Familie hatte ein gemauertes Haus. So etwas gab es lediglich für den Dorfältesten und für Ben Charhan, den reichsten Mann am Ort, der von Jerusalem gekommen war. Ismaels Haus hatte der Urgroßvater aus Lehm gebaut. Er war stolz, dass sie überhaupt ein eigenes Haus besaßen und nicht in den Höhlen oder Erdhügel Unterschlupf suchen mussten. Drei Zimmer hatte das Haus und es reichte gut für die Familie mit den Großeltern, den Eltern und den acht Kindern.

Das Schaf lag in einem Busch am Wegrand und er hatte gerade die Hyäne verscheucht, die sich über den Kadaver hermachen wollte. Es musste ein großes Tier gewesen sein, dass das Schaf gerissen hatte, das war deutlich zu erkennen.

Das Zeichen auf dem Kopf zeigte, dass es zu der Herde von Ben Charhan gehörte. Ihm gehörten die meisten Schafe um Bethlehem. Sein Freund Levi arbeitete für Ben Charhan. Hirte, ein schöner Beruf. Wenn die Tiere ihr Winterlager verließen und wieder auf die Weiden getrieben wurden, erlebten nicht nur die Schafe die Freiheit und Größe des Landes als ihre eigene Freiheit. Am Tage konnten sie überall sein, wo es ihnen gefiel und nur die natürlichen Gegebenheiten brachten sie dazu, weiter zu ziehen. Die Hirten waren die Herren über diese Freiheit. Ben Charhan kümmerte nur der Ertrag und dass die Tiere nicht gestohlen oder gerissen wurden. Dafür hatten die Hirten sich zu verantworten, alles andere blieb ihnen überlassen. Levi war so etwas wie der Chefhirte von Ben Charhan, auch wenn die Hirten untereinander keine Chefs und Diener kannten. Aber

Levi wurde immer vorgeschickt, wenn es etwas zu verhandeln gab oder wenn ein Schaf verschwunden war. Deshalb hatte sich Ismael zu Levi aufgemacht. Das Schaf schleifte er hinter sich her.

Die Schafe bewegten sich tagsüber in einem großen Gebiet, sodass die drei Hirten und die fünf Hunde nicht immer alle 250 Schafe im Blick behalten konnten. Es konnte also immer mal passieren, was offensichtlich diesem Schaf passiert war. Die Hirten mussten das vor dem Besitzer rechtfertigen. Es war ihre Verantwortung. Den Hirten wurde unterstellt, gerne selbst mal ein Schaf zu stehlen oder heimlich zu verkaufen. Es war also wichtig, dass Levi das Schaf vorzeigen konnte und an den Verletzungen zeigen konnte, dass es tatsächlich gerissen wurde. Es war ganz schön weit abgekommen von dem Gebiet, in dem die anderen Schafe weideten. Einer der Hunde hatte wohl nicht richtig aufgepasst. Sie mussten nämlich den ganzen Tag über zwischen den Schafen herlaufen und Schafe auf Abwegen zurückdirigieren. Das klang nicht immer sehr freundlich und die Schafe zeigten großen Respekt vor den fletschenden Zähnen der Hunde.

Ismael war noch schnell Zuhause vorbeigelaufen und hatte der Mutter gesagt, dass er bei Levi und den anderen Hirten übernachten würde. Das machte er öfter und die Mutter hatte nichts dagegen, Ismael war schließlich schon 11 Jahre und wenn nichts Wichtiges zu tun war, am oder um das Haus, konnte er bei den Hirten bleiben. Anfangs war es schon unheimlich da draußen auf den Feldern, aber mit den Hirten und den Hunden, die sich nachts am Lagerfeuer zu ihnen kauerten, war es irgendwann richtig heimelig und gemütlich geworden. Cora, die große Mischlingshündin mit den Zottelhaaren, kam inzwischen immer zu ihm und lag die ganze Nacht an seinen Füßen, als wolle sie ihn eigens bewachen.

Schon von weitem konnte Ismael sehen, dass Levi, Aaron und Elieser begonnen hatten, die Schafe zusammen zu treiben, damit sie vor Sonnenuntergang alle in der Umzäunung waren. Nachts würde kein Schaf allein draußen überleben, deshalb war es wichtig, alle Schafe zu finden und, wenn auch gegen ihren Willen, in die Umzäunung zu treiben. Manche der Schafe schienen problemlos zu folgen, andere wiederum machten richtige Spiele mit den Hunden oder den Hirten. Ein paar Meter liefen sie in die richtige Richtung, um dann blitzschnell auszubüchsen oder sie versteckten sich regelrecht, sodass die Hirten gut aufpassen mussten. Es ging durchaus laut zu, wenn die Schafe zusammengetrieben wurden. Es wurde auch mal kräftig geflucht. Ismael musste aufpassen, dass ihm Zuhause keiner dieser Flüche herausrutschte. Seine Mutter verstand da keinen Spaß. Ismael kam näher, es war ganz schön hart, das tote Schaf die ganze Strecke hinter sich her zu schleifen.

Er kam in Rufweite als das letzte Schaf in die Umzäunung getrieben wurde. Aaron und Elieser waren dabei die Schafe zu zählen, als Levi Ismael erblickte. Er winkte und sah dann gleich besorgt, dass Ismael etwas Schweres hinter sich herzog. Cora war aufmerksam geworden und rannte in die Richtung von Ismael und Levi kam hinterher. „Oh, mein Gott, wo hast du denn das Schaf gefunden. Das ist ja eines von unseren." Levi wusste, dass Ungemach auf ihn zukam, wenn er das tote Tier zu Ben Charhan bringen musste. Der war natürlich nie erfreut und der Vorwurf war immer deutlich zu vernehmen: „Könnt ihr denn nicht aufpassen!"

Hallo Ismael. Schön, dass du da bist. Beinahe hätte ich wegen des toten Schafes meine Höflichkeit vergessen." „Hallo Levi, schön auch dich zu sehen. Meine Mutter

hat erlaubt, dass ich diese Nacht bei euch bleiben darf, wenn ihr nichts dagegen habt."
„Was sollten wir dagegen haben. Du bist uns ein lieber Gast und wir freuen uns alle drei …", und mit einem Seitenblick auf Cora, erweiterte er, „…alle vier. Es ist immer eine Abwechslung in unserem Alltag, wenn du kommst."

Levi übernahm das tote Schaf, schmiss es sich über seine breiten Schultern und Ismael merkte, wie schwer er die ganze Zeit geschleppt hatte. Er rannte mit Cora die letzten Meter zu Aaron und Elieser, die schon begonnen hatten, das abendliche Lagerfeuer vorzubereiten. „Da ist ja Nummer 250. Wo hast du es denn gefunden, Ismael?" fragte Aaron. „Unten an der Abzweigung zum Handelsweg nach Jerusalem lag es etwa zwei Meter im Gebüsch. Nur im Augenwinkel habe ich etwas Weißes wahrgenommen in dem grünen Dornbusch und erst als ich genauer hingeschaut habe, habe ich es entdeckt." Aaron war Levi ein Stück entgegengegangen. „Es muss ein großes Tier gewesen sein, vielleicht ein Schakal, mein Gott. Was hattest du denn da unten zu suchen, du dummes Schaf?" sagte Aaron vorwurfs- aber auch fast liebevoll zu dem toten Schaf. „Das gibt wieder Ärger, Alter", grunzte Elieser aus dem Hintergrund. Er hatte die Äste schon zu einer Pyramide aufgeschichtet und war dabei Funken zu schlagen, damit die dünnen Zweige unter der Pyramide Feuer fangen sollten. Ismael kannte niemanden, der darin so geschickt war wie Elieser. Er sprach nicht viel und oft nur bellende, murrende Sätze, aber im Feuer anzünden konnte ihm keiner etwas vormachen. Und überhaupt, man konnte sich immer hundert Prozent auf ihn verlassen.

Die Sonne schickte die letzten Strahlen für diesen Tag auf diesen Teil der Erde und Ismael schaute in Richtung von Bethlehem, der Stadt, die nur ein Steinwurf weit von seinem Dorf Beit Sahour entfernt lag. Nur ein Steinwurf weit, so hatte es sein Großvater immer gesagt, obwohl Ismael keinen Menschen kannte, der einen Stein soweit hätte werfen können. Eine knappe Stunde dauerte es schon, von ihrem Haus bis nach Bethlehem zu laufen. Von hier oben war Bethlehem allerdings nicht viel weiter als Beit

Sahour. Bei den Hürden hier oben, wie das die Alten nannten, hatte man eine gute Sicht, sogar bis zur goldenen Stadt, dem heiligen Jerusalem, das im Norden auf dem Berge thronte und uns immer erinnerte, wo unser Gott, geheiligt sei sein Name, seinen Tempel hatte. Sein Vater erzählte jedes Jahr mit leuchtenden Augen, wenn sie mit der ganzen Familie zum Passahfest nach Jerusalem hinaufzogen, welch eine Freude es war, als ungefähr zehn Jahre vor der Geburt Ismaels der neue Tempel eingeweiht wurde. Dass er dabei sein durfte. Mehr als 500 Jahre war das Haus Gottes zerstört. Unser Gott, geheiligt sei sein Name, sozusagen obdachlos.

König Nebukad Nezar hatte den ersten Tempel Salomons zerstört und Kaiser Augustus hatte dem Vater ihres Königs Herodes, den sie Herodes den Großen genannt hatten, erlaubt einen neuen Tempel zu errichten. Sein Vater beteiligte sich aus Dankbarkeit nicht gerne an den Hasstiraden, die manche entwickeln konnten, wenn sie von dem Kaiser in Rom sprachen. Ismaels Vater war nie sehr politisch. Wenn seine Familie ihr Auskommen hatte, war er zufrieden. Natürlich störten die Steuereintreiber der Römer auch dieses kleine System, weil in jedem Jahr weniger übrigblieb. Sie hatten einige Felder, die sie bestellten. Sie hatten Hühner, eine Kuh und ein paar Schafe. Davon konnte man leben und manchmal sogar das eine oder andere auf dem Markt in Bethlehem verkaufen.

Bei den Hirten war das anders. Sie waren weniger dankbar, dass die Römer den neuen Tempel erlaubt hatten, sie fanden es von Grund auf falsch, dass die Römer hier überhaupt etwas zu erlauben und zu verbieten hatten. Israel war ein kleines Land, das durch ihre Religion zusammengewachsen war, den Glaube an den einen Gott, geheiligt sei sein Name, der das Volk Israel aus Ägypten geführt hatte und einen Bund mit seinem Volk geschlossen hatte. König David hatte einst die Stämme Israels geeint. Und da der große David aus Bethlehem kam, ging von dort auch die Hoffnung aus, dass sie sich einst wieder selbst bestimmen und das Reich allein an den Gesetzen ihres Gottes ausrichten konnten.

Aaron war ein sehr religiöser Mann, der das an den Abenden, die er mit den Hirten am Lagerfeuer sitzen durfte, immer klar und eindeutig gezeigt hatte. Er hatte Freunde unter den Zeloten, die mit Waffen gegen die römischen Soldaten kämpften und immer wieder Anschläge in Jerusalem verübten. „Ein Volk unter dem Gesetz Gottes, geheiligt sei sein Name, und sonst keinem!" war ein Slogan, den man hinter vorgehaltener Hand immer mal hören konnte. Ihr Ziel: „Schmeißt die Römer in das Meer, aus dem sie gekommen sind!" Sein Freund Levi sah das weniger religiös. Er wollte selbst bestimmen über sein Leben und so wollte er auch, dass die Menschen in Israel bestimmen konnten, was gelten soll in ihrem Land. Elieser, der inzwischen das Feuer entfacht hatte und uns einlud endlich Platz zu nehmen, um den Abend einzuläuten, der sah das eher pragmatisch. Wenn Aaron etwas dazu sagte, stimmte er zu und fragte, wann es endlich losginge, er wäre dabei. Wenn Levi seine Position vertrat konnte er genauso zustimmen und hinzufügen: „Also, machen wir sie platt, die Römer!"

Levi holte getrocknetes Fleisch, Käse und Brot aus einem Beutel, Elieser holte den Wein und das Wasser. Es war alles da, was gebraucht wurde. Die Schafe hatten sich beruhigt, die Sonne färbte nur noch den Himmel rot. Dunkelheit legte sich langsam über das Land. Die Felder, die Büsche und Bäume schienen aufzuatmen, weil die Sonne sie in den nächsten Stunden verschonen sollte. Die Hunde streunten noch etwas herum, trauten dem Frieden der Schafe noch nicht recht, aber sie näherten sich langsam dem Lagerfeuer. Cora suchte den Weg zu Ismael, um sich von ihm sein Zottelfell kraulen zu lassen und den einen oder anderen Knoten im Fell entwirren zu lassen.

„Volkszählung, was ist das eigentlich, Alder?", fragte Elieser als er mit dem großen Messer gerade etwas von dem getrockneten Fleisch abgeschnitten hatte und Ismael anbot. Dankbar nahm er das Fleisch und auch einen Kanten Brot. „Das ist wieder ein neuer Trick von den Römern, noch mehr Geld aus Israel heraus zu holen. Augustus braucht Geld, um in Rom neue Prachtbauten hochzuziehen oder für was auch sonst. Und ihm wird berichtet, dass viele Menschen in Israel keine Steuern an den Kaiser zahlen, weil sie gar nicht existieren." „Wie jetzt?", meldete sich Elieser wieder, „Wie können Menschen in Israel leben und gleichzeitig nicht existieren. Das raff ich nicht." „Levi meint, dass die Leute in Israel clever sind und den Steuereintreibern des Kaisers nicht immer die volle Wahrheit sagen. Nehmen wir zum Beispiel die Familie von Ismael. Wenn die Steuereintreiber auf dem Weg nach Beit Sahour sind, könnte der Vater sagen, los versteckt euch bei den Hirten. Und schwuppdiwupp hat die Familie nur zwei kleine Kinder. Hat der Steuereintreiber andere Zahlen, sind halt welche gestorben oder sie haben die Familie verlassen und leben jetzt in Jerusalem oder Jericho oder am See Genezareth. Und deshalb hat Augustus befohlen, dass alle an einem Stichtag, und das ist nächste Woche, in ihrer Geburtsstadt sein müssen und sich bei den Steuereintreibern in Listen eintragen. Wer anschließend angetroffen wird in Israel ohne auf einer Liste zu sein, dem geht es schlecht." „Aha!", der Groschen fiel laut hörbar bei Elieser, „Ich habe nämlich heute ein paar Fremde gesehen, Mann, die nach Bethlehem unterwegs waren. Einen kannte ich sogar, Josef, der Zimmermann. Der ist vor vielen Jahren weggegangen, weil sich die Brüder gegenseitig die Arbeit wegnahmen. Die waren zehn Zuhause, Junge, Junge, ganz schön viel, und so viele Zimmermänner brauchte Bethlehem nicht.

Er lebt jetzt in Nazareth, hat er erzählt. Dort scheint es ihm recht gut zu gehen. Allerdings hatte er eine junge Frau dabei, viel zu jung für ihn, Alder. Eher was für mich. Und die war ganz schön schwanger, mein lieber Mann." „Heh, die sind auch bei mir vorbeigekommen.", meldete sich Levi kauend, „Unverantwortlich, in dem Zustand den weiten Weg von Nazareth hierher. Das sind die kleinen Geschichten, die der Kaiser mit seiner Großmannssucht auslöst. Das Mädchen sah aus, als könnte ihr Kind jederzeit auf die Welt kommen. Ich habe sie zu Sarah, der Wirtin geschickt. In Beit Sahour kriegen wir ja nicht viel mit von der Volkszählung. Bei uns geht ja kaum einer weg und niemand kommt dazu, aber in Bethlehem, da sind in den letzten Jahren viele gegangen und die müssen alle kommen zu diesem Tag. Alle Herbergen sind voll, kaum ein Bett ist zu finden, aber Sarah fällt doch immer etwas ein, vor allem, wenn sie das schwangere Mädchen sieht."

Aber was können wir denn gegen die Römer tun. Die haben Waffen sind kampferprobt. Sie sind doch die Herrscher der Welt.", Ismael wagte es hier sehr viel leichter mitzureden als Zuhause. Die Hirten nahmen ihn ernst. Sein Wort zählte ebenso, wie das ihre. „Wenn der Messias kommt, werden uns vom Himmel Heere unterstützen und keine Macht der Welt wird bestehen können. Die Römer, lieber Ismael, sind zwar mächtig unter den Menschen, aber Herrscher der Welt sind sie beileibe nicht. Es gibt nur einen Herrscher über die Welt und das ist der Herr Zebaoth, geheiligt sei sein Name." „Aaamen!", Levi klang etwas abfällig, wie immer, wenn Aaron anhob zu predigen, wie es Levi nannte, „Erzähl' das in der Synagoge. Aaron. Es wird nichts vom Himmel kommen. Wir müssen aufstehen, alle in Israel, wie ein Mann und die Römer vertreiben. Zähl die Köpfe der Römer, dann zähl die Köpfe der Kinder Israels. Wenn wir uns einig sind, können die Römer Waffen haben, so viele sie wollen, es wird ihnen nichts nützen. Wir müssen unsere Leute überzeugen, gerade nicht auf den Himmel zu hoffen, sondern nur auf sich selbst. Der Tag wird kommen." „Aaamen", dachte Ismael. Bei aller Freundschaft hätte er es nicht gewagt, das laut zu sagen. Aber auch Levi hörte sich an wie ein Prediger, nur ohne Gott, sein Name sei geheiligt. „Wann geht's los, Mann, ich bin dabei", Elieser war der einzige, der noch kaute. Er hatte immer einen gesegneten Appetit. Ismael hatte diese Gespräche schon oft verfolgt, nur passiert war nichts. Ab und zu hörten sie von Anschlägen und von harten Bestrafungen der Römer, mehr war nicht. Auch gegen die Volkszählung wurde Allerortens gemeckert, aber letztlich machten sie sich offensichtlich doch auf den Weg in ihre Stadt, in ihren Ort, um sich zählen zu lassen.

Levi hatte das tote Schaf unter Dornenzweigen verborgen, damit sich weder die Hunde noch andere Tiere an ihm zu schaffen machen sollten. Morgen würde er zu Ben Charhan gehen und die Sache erklären. Es war spät geworden. Das Feuer war schon weit heruntergebrannt und die Dunkelheit bemächtigte sich auch dieses Fleckchens Erde. Der Mond schien nur schwach, so dass es eine dunkle Nacht werden sollte. Jeder hatte seinen Schlafplatz und auch Ismael wusste, wo er sich hinlegen wollte. Cora schlich schon in die Richtung, als sie ganz plötzlich den Schwanz einklemmte und einen großen Satz nach der Seite machte, dabei stieß sie einen kläglich, winselnden Ton aus. Auch Ismael war zusammengezuckt, es wurde ihm ganz flau in der Magengegend. Sein Blick suchte Levi und die anderen, aber auch das beruhigte ihn kaum. Entsetzen, weit aufgerissene Augen und ein Blick, der auf die Stelle eingerastet zu sein schien. Auf die Stelle, auf die Ismael jetzt starrte, auch wenn er nicht wusste, was dort zu erwarten war.

Die Stelle, das war ein gleisend helles Licht. Ismael hatte noch nie so ein helles Licht gesehen. „Ach du meine Fresse!", entfuhr es Elieser. Aaron war auf die Knie gefallen und murmelte wohl Gebete vor sich hin. Auch er konnte den Blick nicht abwenden. Levi stand aufrecht, die Hände seitlich am Körper, etwas abgewinkelt, die Handflächen in Richtung des Lichtes. Ismael sollte dieses Bild, - Levi vor dem Licht -, am stärksten im Herzen behalten, so erzählte er es später. Jetzt sah er es nur aus dem Augenwinkel. Er selbst saß auf dem Hosenboden neben dem klimmenden Feuer.

Es war unbeschreiblich. In dem nicht erklärlichen hellen Licht, waren ganz undeutlich helle Konturen erkennbar, die sich bewegten. Sie sahen irgendwie aus wie Menschen, aber auch wieder nicht wie Menschen. „Weiche Gestalten hell in hell." Anders konnte es Ismael später nicht ausdrücken. „Ja, helle weiche Gestalten in hellem Licht." Und plötzlich hörten sie aus dem unbeschreiblich hellem Licht, eine unbeschreiblich klare und laute Stimme: „Fürchtet euch nicht! Siehe, ich verkündige euch große Freude, die allem Volk widerfahren wird; denn euch ist heute der Heiland geboren, welcher ist Christus, der Herr, in der Stadt Davids. Und das habt zum Zeichen: ihr werdet finden das Kind in Windeln gewickelt und in einer Krippe liegen." Und dann hörten sie einen kristallklaren Gesang, wunderschön, der von weit weg zu kommen schien. Ein Gesang der Gott, geheiligt sei sein Name, in höchsten Tönen lobte und Frieden uns allen verkündigte: Friede den Menschen seines Wohlgefallens. Als der Gesang verklungen war, schienen die Gestalten hinweg zu schweben und das Licht erlosch, so wie es gekommen war. Es war stockfinster bei den Hürden über Bethlehem.

Die Augen gewöhnten sich ganz langsam wieder an die Dunkelheit und das klimmende Feuer spendete so viel Licht, dass Ismael nur erkennen konnte, dass alle drei noch immer auf die Stelle fixiert waren, wo das Licht gewesen war. Die Hunde lösten sich als erstes aus ihrer Starre und verzogen sich. Selbst Cora wollte jetzt nicht mehr bei Ismael sein, sondern suchte in den Büschen Schutz. „Oh mein Gott, oh mein Gott, oh mein Gott, geheiligt sei sein Name." Aaron fand als erstes seine Stimme wieder, aber wirklich etwas sagen konnte er noch nicht. „Äääh, was war denn jetzt das, Alder. Völlig abgefahr'n." Elieser kam langsam zurück zum abgebrannten Feuer und setzte sich, so als wolle er sagen: „Kommt her, wir müssen reden." Ismael saß ja noch am klimmenden Feuer und drehte sich zu Elieser. Aaron kam langsam dazu. Levi brauchte am längsten. Fast in Zeitlupe gab er seine Haltung auf, die er jetzt seit Minuten eingenommen hatte.

„Das gibt es nicht, das gibt es nicht, das gibt es einfach nicht..." hörte Ismael ihn leise vor sich hin murmeln. Immer wieder die gleichen Worte. Auch er war jetzt beim Lagerfeuer und setzte sich noch völlig abwesend dazu. Etwa zehn Minuten passierte gar nichts, außer dass Levi gedankenverloren seinen Kopf schüttelte und Aaron leise zu beten schien. „Das kam vom Himmel." sagte Ismael plötzlich laut, ohne darüber nachzudenken. Er wunderte sich, dass seine Stimme klar und kraftvoll klang. „Du sagst es, Alder", auch Elieser hatte seine Stimme wieder. „Mein Gott, sein Name sei geheiligt, das war mehr als ein Zeichen", so hörten sie jetzt Aaron sprechen, „das war...ich weiß auch nicht was. Die alten Schriften erzählen von Begegnungen mit dem Heiligen. Aber solange ich lebe, habe ich solches nicht gehört." Nun war es Zeit für Levi, er räusperte sich und seine Stimme hörte sich erst noch wie gebrochen an: „Ismael du hast recht. Das war vom Himmel. Auch wenn ich so etwas niemals für möglich gehalten hätte. Wir haben etwas erlebt, was in meinen Lebtagen noch niemals jemand berichtet hätte. Mein Vater hat mich gelehrt auf meine Hände zu schauen und das zu tun, was ihnen möglich ist. Alles andere sei Fantasie.

Ich muss mich neu sortieren. Ich brauche Zeit." Wieder blieb es still. „Ja, aber...", meldete sich Ismael zu Wort, „hat der Engel, oder was immer es war, nicht gesagt, dass wir etwas tun sollten, und zwar jetzt." „Jo, Alder, der Junge hat recht. Ein Kind sollen wir finden, ein Kind in Windeln, also noch ziemlich klein." „Ja genau", Ismael fing zunehmend Feuer, während Aaron und Levi noch mit sich beschäftigt waren, „und...was hatte der Engel gesagt, es soll in einer Krippe liegen? Wer legt denn ein Neugeborenes in eine Futterkrippe?" Das war der Moment, in dem das Leben wieder in Levi zurück zu kommen schien. Er schaute auf.

Auch Aaron löste sich aus seiner Lethargie. Die beiden schauten sich an und gleichzeitig sagten sie: „Das Mädchen bei diesem Josef." „Wo hast du sie hingeschickt?" fragte Aaron aufgeregt und stand vom Feuer auf, er konnte nicht mehr sitzen. Auch die anderen erhoben sich. „Sarah, die Wirtin in Bethlehem." „Auf nix wie hin, Mann." Elieser packte seinen Beutel und wollte schon los. „Halt, Moment mal", hörte Ismael sich sagen, „was ist denn mit den Schafen?" Aber Levi hatte schon einen schrillen Pfiff losgelassen und die Hunde kamen, wenn auch zögerlich, aus ihren Verstecken. Er gab ihnen Anweisungen sich um die Einzäunung zu legen und genau aufzupassen. Die Hunde verstanden offensichtlich, denn sie trotteten zu den Schafen, die ruhig in ihrer Umzäunung lagen und von dem was geschehen war völlig unbeeindruckt schienen. Es war natürlich nicht wirklich korrekt, die Schafe allein in die Verantwortung der Hunde zu geben, aber besondere Ereignisse erfordern besondere Maßnahmen.

Also, lasst uns nach Bethlehem gehen und die Geschichte sehen, die dort geschehen ist, die uns die Engel kundgetan haben", sagte Levi mit viel Pathos in der Stimme. Sie gingen zunächst schweigend den Weg nach Bethlehem hinab.

Der Heiland ist euch geboren", Aaron sprach mehr zu sich selbst, als sie ungefähr die halbe Strecke zurückgelegt hatten. „Der Heiland, der Gesalbte. Ist das der Messias. Aber wie sollte das sein. der Messias in Windeln gewickelt in einer Krippe? Undenkbar. Der Messias kommt mit Macht vom Himmel. Er trägt das Feuerschwert und treibt die Feinde Gottes, geheiligt sei sein Name, vor sich her. Der Heiland ist euch geboren. Der Gesalbte, der Christus. Wie kann das sein?" Auch diese Frage stellte er in den Raum vor sich, nicht an die anderen.

Trotzdem hörte Ismael Levi antworten: „Es scheint alles anders, als du, als wir es uns in den entferntesten Vorstellungen ausmalen konnten. Ist nicht dein Gott, geheiligt sei sein Name, immer wieder mit Überraschungen in die Welt getreten. Hat er nicht Abraham aufgetragen, seinen einzigen Sohn zu opfern, um ihn dann zu retten und Abraham zum Stammvater Israels zu machen? Hat er nicht erst durch die Sintflut und die Rettung Noahs seinen einen ewigen Bund mit den Menschen geschlossen? Hat er nicht den am Dornbusch stotternden Mose zum Sprecher und Befreier des Volkes Israel aus Ägypten gemacht? Ist er nicht immer wieder für eine Überraschung gut." Aaron wunderte sich über Levis Kenntnisse der alten Schriften. Bisher hatte er sich öfter mal abfällig über Aarons Glauben geäußert. Aber vielleicht war ja etwas dran. Gott, geheiligt sei sein Name, passt in keine Muster, nicht einmal ins Muster der alten Schriften. Sie redeten immer nur, dass etwas geschehen musste, sie hofften, dass etwas Großes passieren würde, damit die Welt sich mit einem Knall verwandelte. Vielleicht sollte alles ganz anders sein.

Aber ein Kind in einer Futterkrippe. Aaron schüttelte den Kopf. „Was soll das?", sagte er laut, ohne es eigentlich zu wollen. „Genau. Was soll das, Alder? Das soll einer verstehen. Wie soll mich ein kleiner Windelträger heilmachen, Mann? Wenn ich krank bin, geh ich zum Doktor, nicht zu einem Kind in einer Futterkrippe." Elieser schien wirklich völlig verwirrt. Sie waren auf dem Weg durch eine dunkle Nacht, um ein Kind zu suchen, von dem sie nicht mal wussten, ob es schon auf der Welt war und wo sie es überhaupt suchen sollten. Während Ismael darüber nachdachte sah er einen Schimmer, linker Hand, vor den Toren Bethlehems, am Rande eines Hügels. Es war kaum wahrnehmbar, aber es schien ein gelblich warmes Licht, wie eine kleine Kerze in einem riesigen stockdunklen Raum. „Seht mal", sagte Ismael. Die anderen blieben stehen und schauten in die Richtung, in die Ismael zeigte. Ohne ein Wort zu sagen, schlugen sie wie selbstverständlich die Richtung ein. „Was mag das sein?" dachte Ismael. „Es ist außerhalb der Stadt. Da steht noch nicht mal ein Haus oder eine Hütte." Sie näherten sich dem warmen Schein, der immer größer wurde und die Dunkelheit um sie herum durchdrang. Jetzt wurde es deutlicher. Es war eine Höhle, eher ein Unterstand, der als Stall benutzt wurde. Sie hörten das Schnauben eines Ochsen und das laute IA eines Esels. Sie gingen schneller. Sie wussten nun alle vier, was der Engel meinte…Ihr werdet finden das Kind… Sie mussten sich nicht sorgen, wie sie es finden sollten. Sie fanden es einfach. Dann standen sie da, drei gestandene, starke Hirten und ein großes Kind. Sie vergaßen alle Fragen, die sie sich auf dem Weg nach Bethlehem gestellt hatten. Wie kann das sein? –

Wie soll das denn gehen? - Was will er damit sagen? – Wo führt das hin? Und die anderen tausend Fragen ebenso. Sie vergaßen alles.

Sie schauten auf die Szene, die für sie in diesem Moment alle Fragen beantwortete. Ochs und Esel im Hintergrund, davor ein Mann, der voll Bewunderung und Fürsorge auf seine junge Frau schaute. Die Frau, voll Hingabe gebeugt über einer, ja wirklich, einer Futtergrippe. Auf frischem Heu in der Krippe lag, nackt und bloß, ein Kind, das Ärmchen und Beinchen in die Luft streckte und das so strahlte, ja, anders konnte es Ismael nie erzählen: „Es strahlte, ja, auch mit einem wunderschönen Lächeln, aber es war mehr. Es strahlte vom ganzen Körper her. Es ging etwas aus von diesem Kind, was wie Strahlen in die Dunkelheit der Welt wirkte." Und immer, wenn Ismael später diese Szene erzählen sollte, strahlten seine Augen so, dass die Zuhörer für einen Moment meinten, das Strahlen des Kindes zu erleben. Ismael schaute zu seinen Freunden. Alle drei hatten einen solch entspannten Gesichtsausdruck, wie er es nie bei ihnen gesehen hatte. Nicht bei Aaron, der immer das ganz große Eingreifen Gottes, geheiligt sei sein Name, herbei beten wollte. Nicht bei Levi, der die Rettung von der großen Einheitsfront der Massen erwartet hatte und auch nicht bei Elieser, der jeden Tag am liebsten losgeschlagen hätte.

Sie sahen, sie spürten, sie wussten in diesem Moment, da in Bethlehem am Stall, in der Heiligen Nacht, vor Ochs und Esel, Josef und Maria und natürlich vor dem Kind: Die Veränderung kommt nicht mit einem lauten Knall. Die Welt wird nicht mit der Macht der Mächtigen verändert, sondern von einem Kind in der Krippe.

Levi sah sie strahlend an und sagte: „Ich glaube, ich habe etwas verstanden. Nur wenn du dich verändern lässt, verändert sich die Welt." Und Ismael wiederholte es, um es sich zu merken: „Wenn du dich verändern lässt, verändert sich die Welt."

© Richard Dautermann
Ringstrasse 69k
55283 Nierstein
Richard.Dautermann@t-online.de